Este libro pertenece a

Ana valeria

cabrera Peña

Texto de Ronne Randall
Ilustraciones de Tony Kerins

Edición publicada por Parragon en 2013

Parragon
Chartist House
15-17 Trim Street
Bath BA1 1HA
(Reino Unido)

Traducción del inglés: Sara Chiné Segura para LocTeam, Barcelona
Redacción y maquetación de la edición en español: LocTeam, Barcelona

ISBN 978-1-4723-1600-4

Printed in China

Antes de irme a dormir

Parragon

Bath • New York • Singapore • Hong Kong • Cologne • Delhi
Melbourne • Amsterdam • Johannesburg • Shenzhen

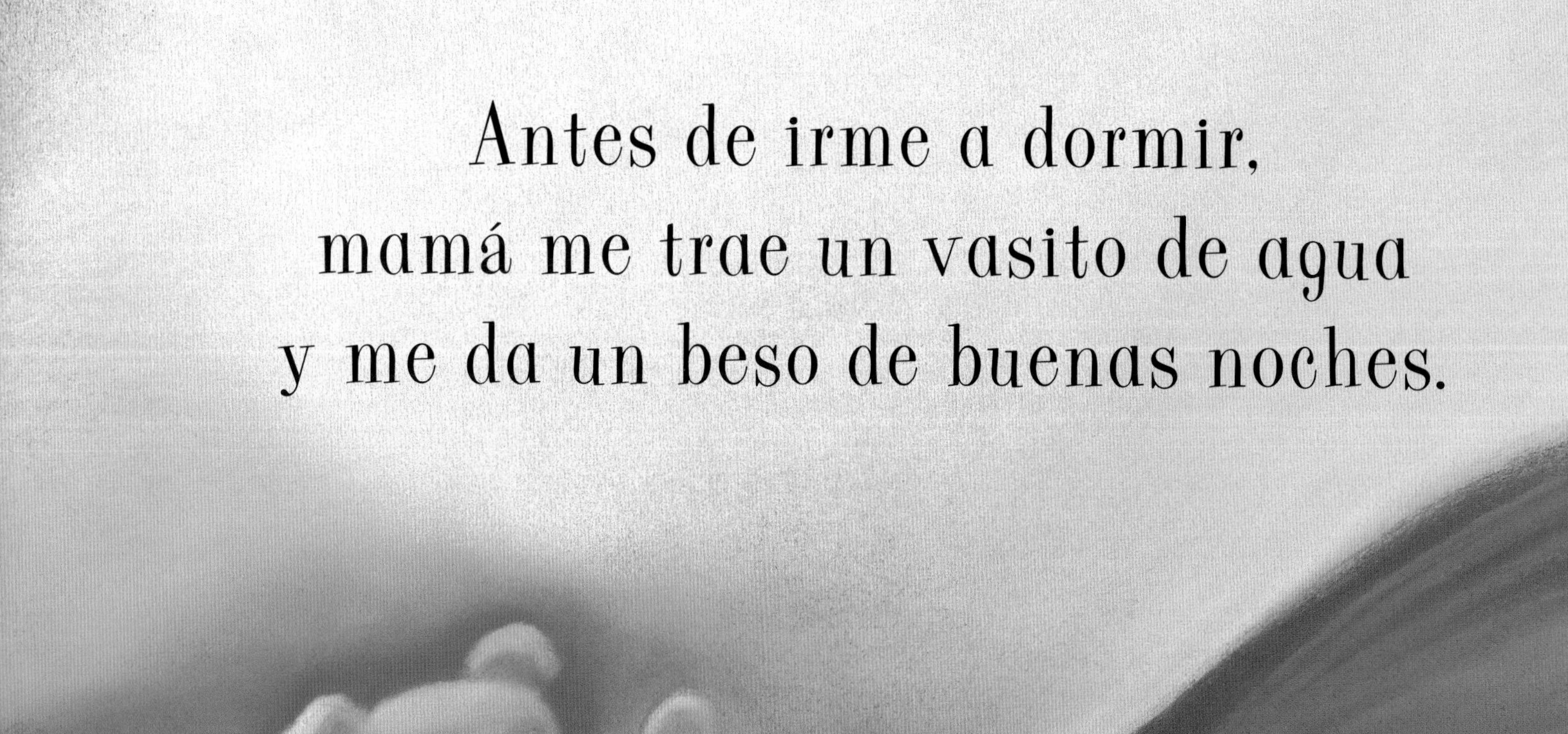

Antes de irme a dormir,
mamá me trae un vasito de agua
y me da un beso de buenas noches.

¡Buenas noches,
mamá!

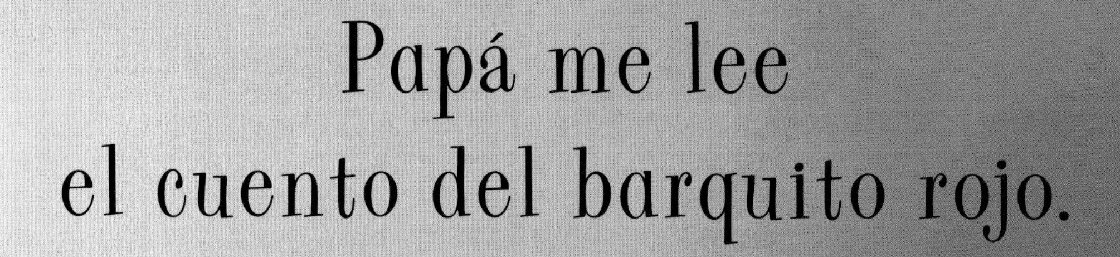

Papá me lee
el cuento del barquito rojo.

Luego me da un beso
de buenas noches.

¡Buenas noches,
papá!

¿Dónde está el perrito Burlón?

¡Ahí estás!
¡Buenas noches, perrito Burlón!

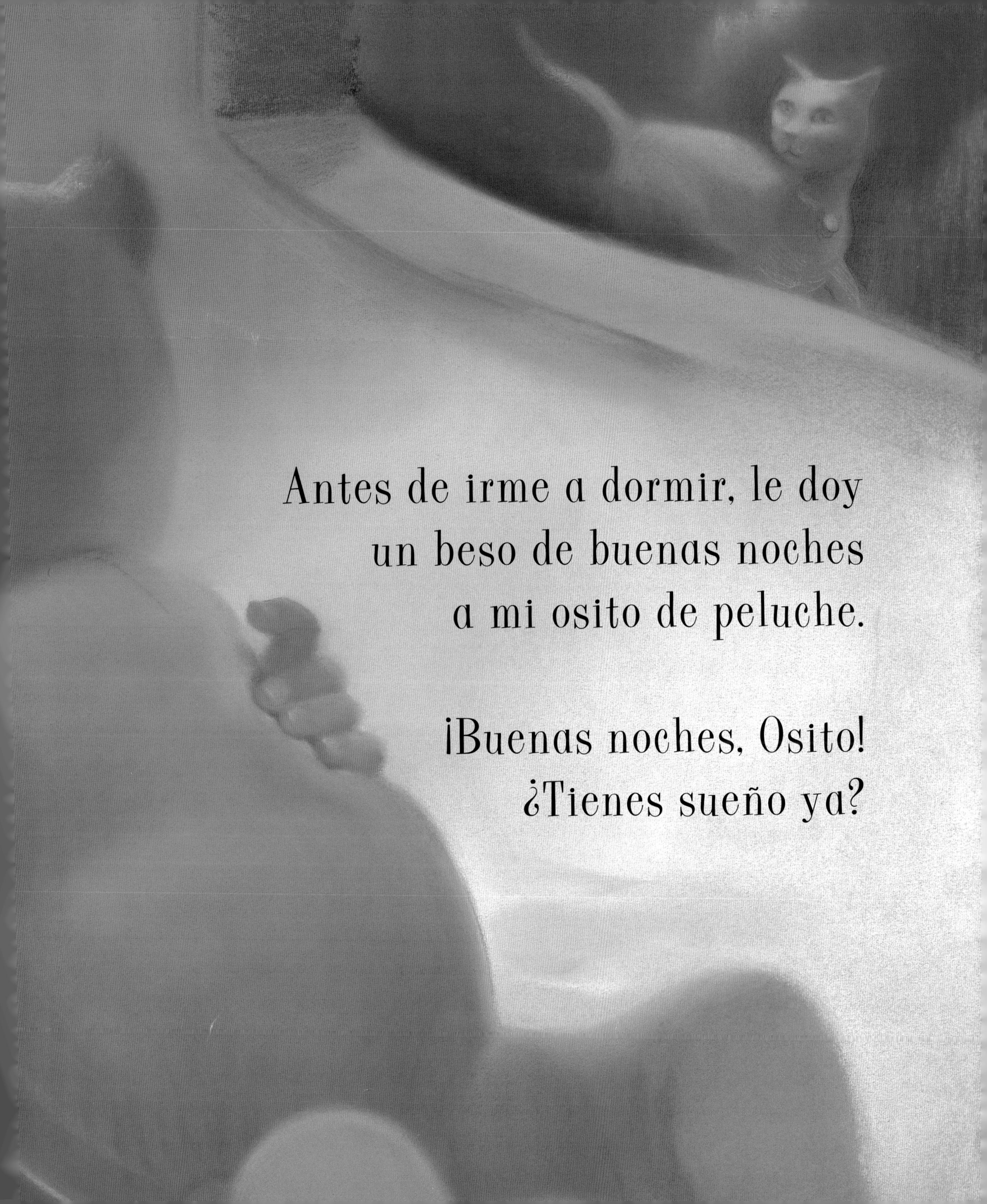

Antes de irme a dormir, le doy
un beso de buenas noches
a mi osito de peluche.

¡Buenas noches, Osito!
¿Tienes sueño ya?

El gatito Michi no duerme aún.

¿Dónde irá por la noche?

Antes de irme a dormir,
me acurruco en la cama
y cierro los ojos.

¿Dónde vas, Osito?
Osito y el perrito Burlón
siguen a Michi.
¡Esperadme! Yo también voy.

Zarpamos en nuestro
barquito rojo rumbo a...

...casa de los abuelos...

...y en el estanque decimos:

¡Buenas noches, patos! ¡Buenas noches, cielo!

¡Buenas noches, luna!

¡Buenas noches, estrellas!

¡Buenas noches a todo el mundo!

Osito, ¿ya te ha entrado sueño?
Casi hemos llegado.

¡Buenas noches para ti!

¡Buenas noches para mí!

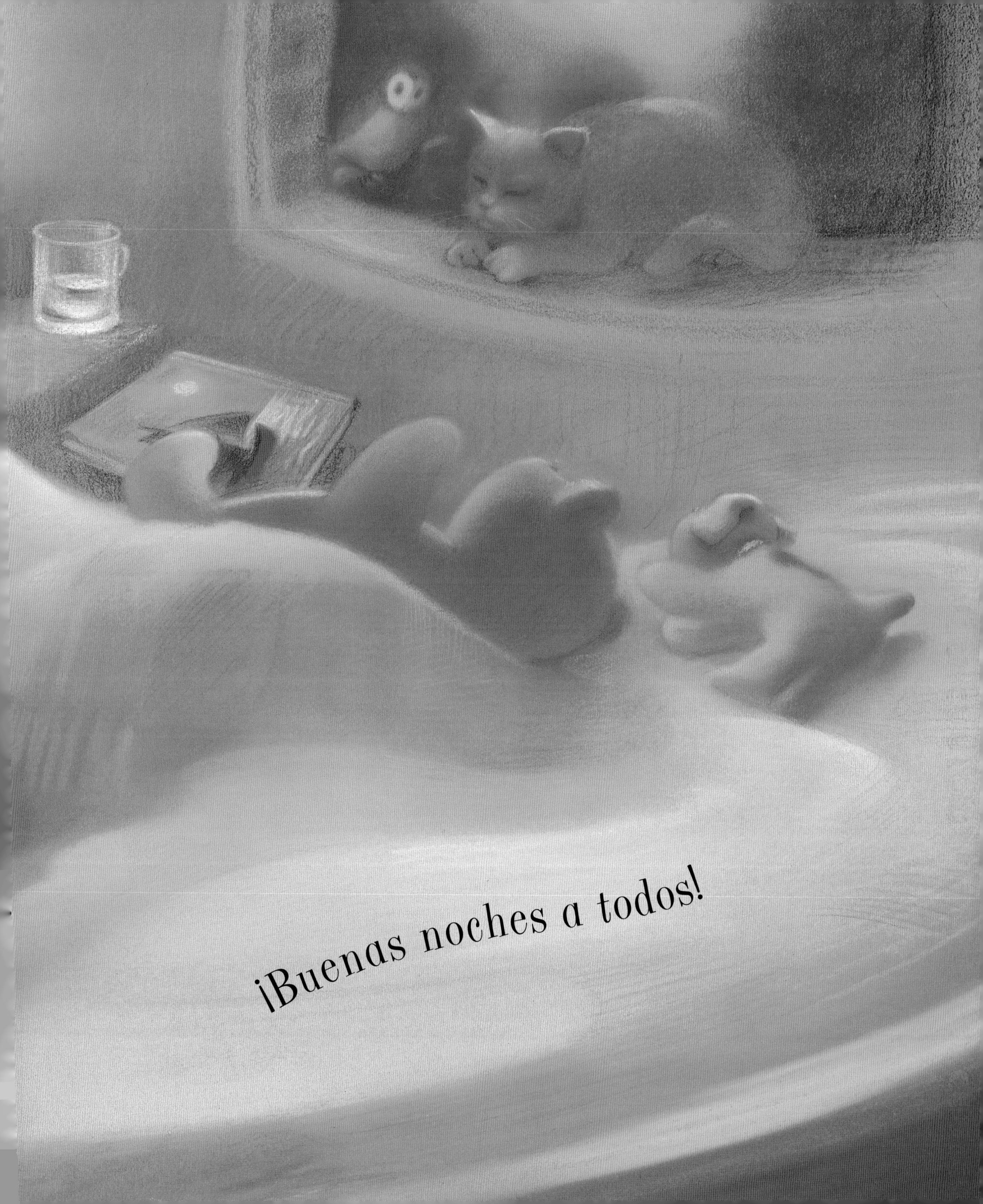
¡Buenas noches a todos!

Dulces sueños